# TCHALÈFES....
# ALGÉRIENNES

# UNE FIGURE

authentique, sympathique, de la Presse Louëttique marhiatique. andarboufique du Nord de l'Afrique

(bravo alik)

## PAOLO STOKAFITCH

*Sous-Officier d'Académie*
*Caporal du Nichan-Iftikhar*
*Licencié ès-Lettres et Cartes Postales*

vraiment navré

de faire savoir aux Dames et surtout aux Demoiselles

*qu'il n'est pas à marier.......*

**RESTAURANT**
ET
**HOTEL-de-VILLE**
DU
**Faubourg Bab-el-Oued**

Repas.......... 1,75
Chambre...... 35 sous
(Taxe de luxe comprise)

# ARRÊTÉ

L'Auteur soussigné (de ses initiales seulement) Vieux Sous-Off d'Académie et Ancien Cabot du Nichan-Iftikhar par la volonté du Peuple du Faubourg Bab-el-Oued et grâce à la puissance galetteuse des Troncs de Figuiers Tunisiens.

*Attendu....* qu'il est de notoriété publique que les *Petits Retraités de l'Afrique du Nord* sont de braves gens ayant malheureusement un certain.... âge déjà et non moins malheureusement une.... petite retraite,

*Attendu....* que cette retraite, vue de loin ou de près et même au travers d'une loupe, n'apparaît pas bien grosse, surtout par les sombres temps que nous traversons,

*Attendu....* que n'ayant pas des mille et des cents, ni les.... moyens de se payer individuellement un *refuge* sur le Boulevard de la République ou une *bicoque* sur les riants côteaux du Supérieur-Mustapha, les *Petits Retraités de l'Algérie* se sont mis dans le ciboulot de se faire construire une *Cagnat commune* pour leurs « derniers vieux jours »,

*Attendu....* qu'un « grand » chez soi vaut toujours mieux qu'un « petit » chez les autres,

*Attendu....* que tout récemment, les *P.R.* ont découvert à Alger dans un quartier neuf qu'ils vous feront connaître sous peu, un terrain dont le propriétaire, un très chic type, a promis qu'il serait.... raisonnable et.... n'écorcherait pas,

*Attendu....*, disent les P.R., « qu'il ne faut jamais râter l'occasion d'être opéré sans douleur »,

*Attendu....* d'autre part, qu'ils sont autorisés, d'ores et déjà, à recevoir tous dons, subventions, secours, etc., etc....,

*Attendu....* enfin qu'une Loi de Nature dit qu'il faut s'entr'aider les uns les autres, moralement et pécuniairement,

Par ces motifs,

(a) En ouvrant le ban et à titre purement gracieux, *j'offre* (qu'on me permette de parler en... *général*, car je m'adresse aux militaires comme aux civils), j'offre, dis-je, la présente brochure à l'*Union Générale des Petits Retraités de l'Afrique du Nord.*

(b) Le produit intégral de la vente sera versé à la Caisse du Comité chargé de l'édification du « *Gourbi des Petits Retraités* ».

Fermez le ban !

## ET ARRÊTE :

*Article premier.* — Le recueil « Tchalèfes.... Algériennes » n'a été écrit que pour les *adultes seulement.* En conséquence, il est expressément interdit, sous peine d'amende d'une tournée générale d'anis *Gras,* de laisser les petits enfants (nouveaux-nés, poupons, bébés-jumeaux, etc.), jeter les yeux sur ledit opuscule; en aucun cas celui-ci ne devra être laissé en leurs innocentes menottes (avis surtout aux nourrices et aux militaires).

*Art.* 2. — Ce recueil peut, cependant, être parcouru par les jeunes gens de 18 ans et au-dessus, ayant fait leur première communion, non sujets aux foies, battements de cœur ou maladies de peau, mais connaissant sur le bout des doigts, les jeux de la tchappe, du tchik-tchik et de la ronda.

*Art.* 3. — Idem au cresson pour certaines jeunes filles du même âge, habituées des dancings ou en instance, tapant un peu la machine à.... écrire, sachant bien compter... les histoires et si possible lire.... entre les lignes, mais avec cette petite remarque que cette brochure, bien que cousue de fil blanc, n'est pas tout à fait un ouvrage... de dame.

*Art.* 4. — Les « grandes personnes » des deux sexes (chevelues, chauves, perruquées ou fartasses) sont autorisées, à titre exceptionnel, à risquer un « œil » sur ce petit livre mais nous ne garantissons pas de leur redonner l'humour de feu leur « vingt ans », de les faire « s'esclaffer » au point de mouiller copieusement leurs culottes, ni enfin de guérir radicalement leur neurasthénie, si celle-ci date de trop longtemps.

*Art.* 5. — Les uns et les autres sont chargés, chacun en ce qui le concerne, de l'exécution du présent arrêté qui sera affiché un peu partout et notamment dans les kiosques, bureaux de tabacs, salons de coiffure, etc.

*Art.* 6. — Messieurs les « Intermédiaires » (attention! qui vos f'ra tous bon réclame) sont priés d'offrir à Messieurs leurs clients habituels, un exemplaire parfumé des « *Tchalèfes.... Algériennes* » accompagné d'un gracieux sourire, celui-ci à

« oufo », malgré les hausses successives du coût de la vie.... (le mort de ces z'hausses ! ).

*Art.* 7. — Les louëttes et rigolards de l'intérieur assoiffés d'amour et qui n'ont pû se règaler d'un peu d'*air à mots* tchaléfesques avant Pâques, jour où il était permis, sans chiqué et en savourant la mouna, de faire manger leurs œufs, durs ou mous, frais ou faisandés, sur le plat, à la coque ou à la pointe d'asperges, à leurs fiancées, à leurs femmes légitimes et même à celles qui ne le sont pas (ouf! coup d'respiration!), n'auront qu'à écrire à *Paolo Stokafitch,* 2, rue Marie-Lefebvre à Alger, pour recevoir, par retour du courrier et franco, la brochure « *Tchalèfes.... Algériennes* » contre mandat-poste de 3 fr. 00 prix modique par les *riches* temps que nous traversons, somme véritablement à la portée des copains fortunés, pognonneux, galetteux, voire même de ceux, comme moi, dont les doublures se touchent environ vingt-cinq jours par mois....

Fait à Bab-el-Oued, le 25 avril 1926.

P. S.
(*Candidat petit retraité*).

Vu pour la légalisation
des initiales apposées ci-dessus.

Pour le Maire, en bombe,
L'Adjoint: Homère.

# Tir à la Bogie

— Ti pas conni l'histoire di « *Tir à la Bogie* » ? y m'dit comme ça Mardochée, çuila qui vendi di bonbons dans son barraque à la foire di champ di manovres.

— Non! ji pas connasse, mi si ti vos la raconti, ji vos z'icoute...

— Parfit'ment, mon l'ami! oilà: one fois y avi à Bofarik-la-Bain, on n'homme di note race, qui s'appili Isaac y son femme Esthir. Citi deux râlami nouméro ouharad et aussi deux marchands di forain, tojors contents, tojors ji rigole et jami qui j'attrape la cafard. Di z'histoires, di tchalèfes plein son sac y z'en avi; sol'man por ci blagues obligé qui marche la pari moutuel que ça citi la juge de paix, pluss millor qui la tchik-tchik....

Citte pari moutuel citi li z'enjeu di l'argeane qui fisi entre eusses, porquoi ci gens « di bon famille », jami ji parli, jami ji travailli, jami ji rigoli por la gloire; vic eusses, l'argeane ci comme la drapeau di note pays: tojors il iti en avant !

A la mison, por pas perde di temps (di temps ci tojors di l'argeane) Isaac et Esthir y fisi la pari, di fois, di rister huit jors sans mangi la viande, di fois, di pas buvé di l'eau di trois mois, citira, citira, ti comprends ?

— Bon!... on jor, Isaac y dit à son femme: ya Esthir, ji parie cenquante francs vec vo, por çuila qui va soffler, vec on pettement, la bogie qui s'ra alloumée à on mitre y dimi di distance ?

La femme y s'foute à rigoli qui citte chose cit ampoussible!!! Loui y dit: oui, la femme y dit: non, alors quisqui vos volez, après di porparlers, y z'ont issayé.....

Sol'man, oilà, por citte pari, besoin aussi y fallait que la ventre y soye prêt por la tir di barrage. Alors tos li deux ji foute-moi-l'camp à chiz Maklouf di son pays, por ji va bolloti, chacun, quate bols di loubia.

La soir y vian! quand la ventre y commence li samptômes di gargouillements (ou di gaz sphyxiants, comme ti veux ti choizes) Isaac y dit à son femme qui va commenci li z'ixpiriences. Y quitte la paletot... y l'alloume la bogie... y la mit dissur la chaize.... y compte on mitre cenquante... y pose patalon (mi ji garde la chimise!)... y rigarde la bogie par dissous si jambes et pis en avant cop d'feu: Pan !

— Râti! nom di Dio!!! la flamme y boge on peu mis la bogie ji brûle tojors....

Esthir y prend son place; quifquif son mari, quand le pettement y tape à la porte, la femme y prend la position di tireur et: taf! premier cop, la bogie qui s'éteint....

Isaac qui voit ça, il loui dit: allez ballek, ji va ricommenci porquoi pit-être tot à l'hore ji pas bian visi et y donne dozième cop di pettement: tia sadek, la flamme encore citte fois ji boge pas!!! Sacri nom di mille pitards, alors quoi, la loubia ji s'ra pas bon ?

Dozième cop de la femme: paf! paf! la bogie, adonaï, ji reçois cop d'sofflet nouméro on, core un peu ji va tombi par tirre; une autre fois il iti iteint.....

Isaac y vian fou! y fir dimi-courage et y commence troizième y darnier cop: aouah! la bogie tojors tranquille, tojors j'y brûle....

Enfin, troizième y darnier cop di la femme: pif! paf! pouf!... la bogie encore y sont sofflée.....

La pauvre Isaac, rouge comme la drapeau di marocane Adèle Krim, que son femme y tape mieux la fousil, y dit à Esthir: voyons ci pas possible, vos fisi des chicanes ou pitêtre di forbi... alli, vos z'alli issiyé cop d'grâce por qui ji voye bian si ti f'ras pas di trouquage et comment vos fisi por pas manquer la but.

Alors, pendant qu'Esthir il iti en position, Isaac y fire l'anspection di la batterie. Tot d'on coup y tape son la tête sur la mur et en colère y dit à son femme: Esthir? cessez l'feu! alli vos z'en chiz ta mire, pas bisoin d'y continuer, ci pas la pine qu'on usera la chandelle, ji sais, mantenant, porquoi, moi tojors ji perde et toi tojors ji gagne.....

— Mi porquoi? y loui dit Esthir tot a fi itonnée....

— Ti dimandi porquoi?.... ah! bogue di maliciose qui vos z'ites.....; j'en ai pas, tou sais, di *khra* en didans mon yieux....; j'a rigardi bian comment vos fisi et, bian sûr, citi pas difficile, va, qui ti gagn'ras tot l'temps: vos en avi on fusil à dos cops...

— Et si m'ixcus'ras si j'vos demande bardon, li chances y z'iti pas igales, ji donne pas mon « cenquante francs »....

La pauvre Esthir, qui l'avi portant bian gagni la pari y sont pas overt la boche, y sont pas solement fire di scandale, j'ti jure di mon Dio, ça m'itoune! ça m'itoune!....

# LES FEMMES Z'ÉLECTEURS

Une question qu'elle va bientôt revenir dessur. le tapis de la Chambre, porquoi ça leur démange à les députés de s'essuyer les pieds dessur, c'est la question du vote à les femmes.

Depuis longtemps une bande de femmes elles se sont enfoncé en dedans le ciboulot de vouloir endevenir des z'électeurs, des citoyens, comme moi et vous.... Atso! qué culot!! Déjà elles z'ont fait les conférences tous les côtés, elles z'ont fait marcher les journals de leurs bords, elles z'ont fait la propagande en dedans tous les milieux de leur rendez-vous pour que, bessif la loi elle passe.

Alors quoi, aousque nous sommes?... aousque nous allons si nous les z'hommes on dit rien ?

Pauvres de nous! Pauvre France si....

De quoi? y vous faut des esplications? Oilà, Madame, on vous les sort en douce; tendez grandes vos esgourdes, rouvrez bien ça qui vous sert de quinquets, je vas vous dire, moi, en cinq secs, vos quate vérités.

Une supposition que la loi elle passe....

Quoi c'est qu'il arrivera à le pas de gymnastique (endarboufique) ? *Primo,* des embrouillages en dedans les ménages qui sont.... un peu d'accord; *deuzio,* casse-ficelle en dedans les ménages qui sont faits à la colle (que c'est même ceusses-là qui sont les plus solides); *troizio,* la grève à les z'amoureux qui z'auraient le gousto de se mettre la corde à son cou, en devant le Maire ou en derrière: et alors adios les rendez-vous à le Môle ou à les Tagarins que plusse d'une louette d'ici elle a fait Pâques avant que ça soye les Rameaux; *quatrezio!....* non, y en a déjà marre vec primo, deuzio et troizio, pourquoi si jamais je blague et que j'arrive comme ça jusqu'*au dizio,* sûr que le Directeur de l'Opéra y va me sortir des z'insultes....

Voui, oilà tout ça qui va arriver à les nouvelles z'élections si le décret y sort que vous pouvez voter: des embroullages, des casses-ficelle, des grèves, cétéra, cétéra......

Tenez, encore une aute supposition :

Deux types y se présentent à le fauteuil de Rélégué Financier qu'il est pas encore rembourré (pas le Rélégué, non, le fauteuil) de l'avant-dernière circonscription de Bab-Louëtte que tout le monde y sait que c'est *La Cantère;* comme de juste, chaque candidat il a son programme des courses, ses idées à lui, son canard et ses affiches. Moi et ma femme on est les z'électeurs.

Moi, naturablement, que mon candidat il a tout pour lui : enstruction, bon crachoir, capable, costaud, louëtte et pis tout, je me vote d'emblée pour lui.

Ma femme, elle, naturablement aussi, elle fera pas comme moi, pourquoi les femmes elles font jamais comme les maris. Alors, d'autorité, elle se soutiendra les parties de l'aute candidat qui, à ses yeux moitié lagagnousses, y sera plusse d'attaque que le mien, plusse giron, plusse galetteux, plusse à la hauteur, plusse entelligent, porquoi dans le temps il allait à le collège des Frères et qu'encore à présent y va à la messe, qu'il est pas: trois ou quatre points, cétéra, cétéra.

Bref, moi et la bourgeoise, qu'on a pas les mêmes goûts en couleurs, on sera pas d'accord, on fera dispute matin et soir et tous les jours ça sera la barouffa. Alors moi que je me connais vif, par force, je cogne dessur; elle, qu'elle a pas peur de *Xavier,* elle me tombera dessur aussi; total ça sera des œils pochés vec le beurre noir, le pif escrabouillé vec les bleus, la robe et le costume déchirés et à la fin le ménage qu'il était calme et taïba avant, à cause de ça: y se branlera en dedans le manche !....

...Comme ça aussi ça sera à les autes ménages: arrégardez un peu comme ça sera joli !

A les réunions que les candidats y se donneront, les femmes elles seront les premiers; en bandes elles seront là pour reluquer çuila qui leur plait et pendant ce temps-là les louëttes — pourquoi y aura beaucoup du populo et qu'on sera serrés comme les z'anchois — les louëttes y se leur feront pelotage pour faire le ballotage, après le potage, entre la poire et le fromage.

Ça aussi, madame, ça sera joli, spa ?

Enfin les femmes elles voudront courir rien qu'après le candidat qui se leur fera de l'œil, qu'il aura du pèze, qui sera large, qui fera les petits cadeaux; çuila qu'il aura pas des sous, qui crachera pas, qui fera pas la risette, qui sera pas dans la manche courte de ces dames, la veste y s'attrapera.... le saucisson, quoi! Agabidj ?

Et alors je pense entre moi-même: quand les femmes qui z'habitent à la Casbah, y descendront pour voter, qui mettront en dedans le trou de l'urne rien que le nom de çuilà qui sera monté tous les jours à les hauts quartiers (que d'habitude les candidats y z'y vont jamais), y a des chances que l'élu y sera un fourachaut, pourquoi les clients de la Casbah toujours y votent en bloc et eusses, vous savez, y savent ça que les blocs sont !

La mort de leurs os! y faut pas que les femmes elles votent.

Déjà que vec les z'hommes à peine on peut faire l'élection vec le calme, vec la propreté, aï, aï, aï, vec l'aute sesque ça sera la pagaille, le truquage, les z'orgies, fous en deviendra tousse. Mieux, va, que les femmes elles restent à la maison pour s'essuyer la vaisselle, pour laver les chaussettes, pour faire cuire la soubressade vec le piment, pour nettoyer le derrière à les gosses que ça c'est un boulot que l'homme il a pas le compasse pour le faire, c'est vrai ou non ?

Aujourd'hui je prends la parole vec la plume; mais quand y aura la réunion je sortirai le discours vec le geste à la clé; je sortirai aussi, vec le sourire, le fin fond du panier à mon dossier pour défendre l' « estatu-quo » et enfin pour dire la vérité juste à la fatche du populo de mon sesque. Si lui y voit clair et y fait pas « falso », sûr que ça sera l'enterrement première classe à la question du vote à les femmes et comme y l'a dit un type à la hauteur que je sais plus son nom: « *l'eau à les poissons, l'air à les z'oiseaux, la terre et le bulletin de vote à les.... z'hommes* », que ça veut dire en français — mes dames, entention, attrapez pas le bœuf pour ça — : chacun à son métier et les vaches elles seront bien gardées, barakatz!

Et aïdé, les z'amis, la main dans la main, pas le mauvais sang et en chœur, avec moi :

*Vivent nous parc'que nous sommes*
*D'attaque à le jour des z'élections,*
*Ça regarde rien que les z'hommes*
*Ce cri sacré: pour qui votait-on !*

*Que les femmes ell's s'épluchent les pommes de terre*
*Au lieu de rêver à être des z'électeurs,*
*Qu'elles s'occupent pas de nos z'affaires*
*Pourquoi, nous, on met pas note nez dans les leurs !*

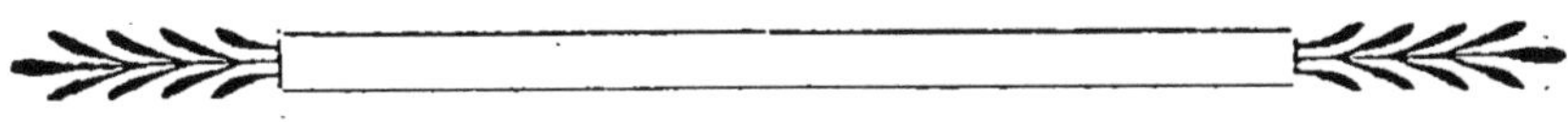

# Le 1er Premier Mai

## à TATEZY-LE-POULS

Dans le courant du mois d'Avril 1900 et quelque, les ouvriers de toutes corporations — autrefois si paisibles — du coquet centre de Tateczy-le-Pouls, tout petit village de deux cents âmes environ, étaient dans une grande surexcitation: on approchait du Premier Mai et dame, devant les difficultés toujours croissantes de la vie abominablement chère, ils avaient, comme tous leurs camarades des grandes villes, et avec le progrès aidant, compris qu'il fallait réagir et reconnu la nécessité absolue de se mettre en grève, le seul moyen, à leur point de vue, qui pût leur permettre de s'assurer un avenir meilleur.....

Syndiqués depuis le commencement de l'année, ils s'entendaient à chaque instant dire : « Travailleur on abuse de toi ! on t'écrase et tu ne dis rien ! relève la tête, hautement, fièrement et répond : moi aussi je veux vivre ! Patron augmente mon salaire sans quoi tu n'auras plus mon travail ! ! N'oublie pas que :

C'est par mon travail et ma sueur
Que chaque jour tu fais ta pelote ;
Tu ne crains pas, toi, les lendemains,
Tu as plus de beurre que de pain,
Tu ne songes qu'à ta cagnotte ;
Par ta rapacité, vil exploiteur.
Et tandis que copieusement tu boulottes,
Ma nombreuse famille chaque jour la saute,
Et moi je peine, souffre et crève de faim!!!

De cet horizon sombre il fallait, coûte que coûte, en dissiper au plus tôt les noirs nuages !

Aussi, chaque soir, ce n'était que réunions et meetings qui avaient lieu, à défaut de tout autre local, au lavoir couvert, au bout du village, devenu depuis leur « Maison du Peuple ».

Ce lavoir, contrairement aux bâtiments si utiles aux ménagères, avait sur ceux-ci, l'avantage de leur être de beaucoup supérieur en ce sens qu'il était clos sur trois faces et dans la moitié presque de sa longueur, de sorte qu'il avait, avec un peu de bonne volonté et à quelque chose près, l'aspect — confort à part — d'une salle de réunion. C'est ainsi que, grâce à l'ingéniosité de l'architecte inconnu qui l'avait fait édifier dans de telles conditions (en prévoyait-il déjà le double usage ?) les ouvriers de Tatezy-le-Pouls avaient pu trouver le local désiré, indispensable à leurs besoins, leur permettant surtout d'être relativement « chez eux »....

Les questions à l'ordre du jour, les mêmes que tous les syndicats sont unanimes à vouloir, par tous les moyens, faire aboutir, se résumaient en ceci : journée de huit heures, augmentation de salaires, semaine anglaise, etc., etc.

Les syndiqués de Tatezy, au nombre de dix, savoir : un ouvrier charron, coiffeur, menuisier, cordonnier, maçon, bourrelier, boulanger, maréchal-ferrant, tonnelier et tailleur de pierres avaient donc décidé, dans leur dernière réunion générale, de faire grève et d'assister, drapeau rouge déployé, à un grand défilé. Chacun d'eux, respectivement dans son syndicat, avait reçu les dernières recommandations et devait se trouver le lendemain 1er Mai, à six heures et demie précises du matin, à l'endroit où le cortège devait se former.

Dès que la nouvelle fut officiellement connue, toutes les forces policières du pays — en l'espèce le garde-champêtre — furent avisées d'avoir à prendre immédiatement toutes dispositions, en vue (vieux cliché) d'assurer l'ordre sur la voie publique !

L'unique fonctionnaire de lointaine branche préfectorale de Tatezy (un ancien dragon encore vert pour son âge), allait avoir à tenir tête à une force plusieurs fois supérieure aux siennes, mais il ne s'en effrayait nullement ayant déjà, en d'autres occasions, montré qu'il avait... de la poigne et une certaine maëstria dans l'art de passer les récalcitrants.... à tabac! Il pouvait, lui aussi, tomber peut-être sur un piquet, comme l'on dit, mais on est garde-champêtre ou on ne l'est pas, et ainsi qu'il le déclarait souvent, on ne se lance pas, que diable, dans le champêtrariat uniquement pour porter un képi argenté le dimanche et se balader dans le marché hebdomadaire avec un solide nerf de bœuf...

Interviewé sur l'événement du jour : Force restera à la Loi..., répondait-il à ceux qui l'entouraient, rassurés et effrayés à la fois par cette ronflante et brutale phrase — formule policière dite d'une voix autoritaire.

Comme c'était la première fois que pareille démonstration prolétarienne allait se produire dans la localité, que tous les ouvriers étaient maintenant syndiqués, que le garde-champêtre avait dit... ce qu'il pensait, fatalement « ça allait chauffer ». Aussi toute la population en frémissait à l'avance, ne mangeant ni ne dormant plus, n'ayant en perpective qu'émeutes, troubles et pillages de toutes sortes pour ce maudit premier jour du mois qu'un cantique ancien et bien connu dit être le plus beau !

Bien avant l'heure du passage du défilé, elle s'était massée sur le bord de la grand'rue, au centre du village, près de l'Eglise n'ayant pas osé se tenir et pour cause, aux abords immédiats du lavoir où les révolutionnaires devaient sans doute être déjà réunis.

Soudain, la demie de six heures se fait lugubrement entendre à la pendule du bistrot du coin : la foule sursaute, des jambes commencent à fléchir, quelques vieilles femmes, tremblottantes, sortent déjà leurs mouchoirs, les jeunes filles les imitent et ont peine à se contenir ; de leur côté les hommes éteignent et remisent un instant leurs bouffardes en signe de déférence et de respect !

Naturellement, tous les regards sont tournés du côté d'où va déboucher le flot humain : on se colle les uns contre les autres pour être « plus sûr de soi », on s'étouffe, on se piétine, les poitrines se gonflent ; à voix basse et fièvreusement les langues vont leur train : on commenle les suites funestes, pour la vitalité et la renommée du pays, qui vont résulter du chambardement qui, dans un instant, aura fait son œuvre d'abominable destruction. On craint aussi pour la vie du garde-champetre, quoique armé jusqu'aux dents, mais que personne, en ces moments tragiques, ne songe à envier la place. Lui aussi doit être déjà à son poste c'est-à-dire près du lavoir, attendant de pied ferme que le cortège se mette en marche pour le suivre et si besoin est, intervenir aussitôt.

La même pendule continue à tinter : les sursauts se renouvellent. Sept heures, on ne distingue rien d'anormal au bout de la grand'rue. « *On doit faire des discours* », chuchotte un bon vieux, le doyen du village. Sept heures et demie.... toujours rien!

Huit heures, rien encore. « *Pourvu,* dit la bonne de M. le Curé, *qu'ils ne se soient pas tous noyés ou assassinés entre eux* »...... (Cette hypothèse que chacun fit sienne sur le champ, occasionna aux plus sensibles de nouveaux frissons d'épouvante et d'horreur).

Huit heures et demie, neuf heures, rien, rien, ce que voyant, las d'attendre et voulant en avoir le cœur net, quatre vieux paysans font demi-courage, se détachent de la haie de curieux, se concertent, puis d'un commun accord, décident de se rendre chacun par un chemin différent, au bout du village et voir « *ce qui peut bien s'y passer* ». Sur la pointe des pieds, ils traversent la place, se dispersent, puis s'éloignent...... C'est la « passe » la plus douloureuse, car tout le monde sanglote : femmes, enfants, vieillards !

Enfin au bout d'un quart d'heure d'impatience inimaginable, on aperçoit au bout du village le silhouette des quatre courageux citoyens. Peu après, ils font demi-tour, arrivent ensemble et annoncent, cette fois à haute voix, à la population qui les encercle.... que le lavoir est complètement à sec, absolument désert, et qu'ils n'ont par conséquent constaté aucune noyade ni même remarqué, malgré leurs minutieuses recherches, la moindre petite tâche de sang nulle part. « Nous n'avons pas aperçu un chat », affirment-ils, sauf le garde-champêtre, dissimulé derrière un énorme olivier, qui s'impatiente bien un peu mais qui n'abandonnera son poste qu'à la dernière minute, sur le soir, à l'extinction des feux !

— *Pas un chat ! !* que peut-il donc bien s'être passé ? On s'interroge du regard ! sur quoi péniblement chacun rentre chez soi......

Bien que la nouvelle n'annonçat aucune victime, ce qui rassura un peu les habitants de Tatezy-le-Pouls, ceux-ci n'en furent pas moins inquiets durant toute la journée sur le sort de ces malheureux travailleurs, jeunes la plupart et tous enfants du pays. Et cette terrible journée, qui parut un siècle à tous, se passa sans que rien ne vint apporter le moindre éclaircissement à ce mystère !

..................................................

Le lendemain seulement, avec la population pleurant de joie et souriant de honte, l'ancien dragon apprit le fin mot..... Les grévistes, indépendamment de la grève, avaient effectivement décidé, bien décidé, d'assister au grand défilé du 1er Mai..... non au village, comme avec juste raison, il y avait tout lieu de le croire, mais.... au chef-lieu de canton à 10 kilomètres de là, au défilé organisé par leurs camarades plus puissants qu'eux et à qui ils s'étaient joints.... chose qu'ils avaient (involontairement ou intentionnellement) omis de dire ou laisser transpirer, la veille, à leurs froussards compatriotes.....

Un peu déçus de leur 1er Mai, reconnaissons cependant le mérite aux Tatezylains d'avoir eu la primeur de ce nouveau et inédit genre de grève, encore inconnu partout ailleurs : la grève des..... grévistes !

A la suite de cette heureuse mésaventure, et après entente

entre grévistes et population, la fête du Travail a lieu désormais à Tatezy-le-Pouls même, en grande pompe et avec ses propres moyens. Le traditionnel défilé, musique en tête, parcourt la grand'rue, fait de plus, plusieurs fois le tour du village, suivi de toute la population en délire et précédé du garde-champêtre en tenue, c'est vrai, mais non armé jusqu'aux dents comme en l'an 1900 et quelque.

Et le soir, la fête se termine par un grand bal sur la place de l'Eglise où chacun s'en donne à cœur-joie et à jambes-que-veux-tu jusqu'au lendemain matin.

Conclusion : Depuis, le coût de la vie et les heures de travail ont diminué à Tatezy-le-Pouls.

On fait la semaine anglaise ! !

Le salaire et la natalité..... augmentent ! ! !

Ça, au moins, c'est de la belle..... ouvrage ! Vive la Sociale....

# Tojors y... quand mîme !

En avant, li z'alliés, la Victoire ti gagn'ras !
Nal dine koum li Boches! biantôt, va, on li z'aura!

Barce qui contre la force y'en a pas d'la risistance;
Asténa chouïa, biantôt, ji va crivi ton panse....
Sales Boches di kelb, tou sais, vic la tiraillors

La guirre qui ti nos à fi, ça s'ra vot' malhor !
Ixplique bian à vot' z'Empereur Sidi-Guiyaume

Ben Hallouf, qui la France y l'a encore d'y z'hommes
Oui, di z'hommes di totes la colors: di blancs, di noirs,
Cafi au lait aussi qui f'ra vot' disispoir.....
Hô! hô ci pas la pine qui vos f'ras di grimaces
Et qui ti f'ras dans l'patalon la milasse.....
Sales Boches! vos en avi, tou sais, di grand toupet!

Vos avi la courage di parli di la paix ?
I vos îtes mabouls, i vos ites fous dans la tite !
Vos avi commenci, s'pa, la z'ouverture di la fête ?
Eh bian, y faut pas vos z'arriti tôt d'on coup....
Nom di Dio! quoi di z'américanes, por vos avi ?
Tas di poltrons qui vos ites! bogues di grand canailles!!!

Li z'américanes ci pas di soldats por la bataille,
I sont pas tapi la canon, pas tapi rian di tout....

Zobzob!! y sont vini por donni la coup d'l'œil,
A karabi! ça ci di gens qui z'ont pas di z'orgueil;
Li z'Américanes, ci sol'man por j'icoute.... la mousique....
La bal y l'a commenci, s'pa, vic la derbouka
I la nouba, i la tam-tam di soldats di l'Afrique,
Et si ti vos « jazz-bandi » vic citte mousica
Si pas l'moment, tou sais, qui t'attrap' di coliques !...

# Conte Marseillais

(Mais la Scène se passe à Alger)

Sur le boulevard de la République, un beau soir, *Gontran* rencontre *Marius* qu'il n'a pas vu depuis quelques semaines. Le premier est natif de Marseille, l'autre des Bouches-du-Rhône, vous vous en êtes sans doute douté? Eh bien, écoutons-les car ils promettent d'être intéressants.

(J'ouvre une parenthèse: étant moi aussi des environs de la « bonne bouillabaisse », je passe « l'assent » au lecteur en le priant de s'en servir, si toutefois l'ail ne l'incommode pas trop).

. . . . . . . . . . . . . . . . . . . . . . . . . . . . . . . . . . . . . . . . . . . . . . . .

— Té, mon çer *Gontran!*

— Cape de Dious, *Marius!* quelle rencontre!

— Quelles nouvelles depuis qu'on s'est pas vu ??

— Ah! mon bon, dit *Gontran* une nouvelle qui va t'en boucer un coin, que dis-ze, une surface....

— Conte-moi ça.

— Te le conter? mais tout de suite.... Figure-toi que le mois dernier z'étais allé à *Cercelle* (Cherchell pour ceux qui ne sont pas du Midi) pour traiter une affaire assez importante: on me proposait la vente d'une grande usine à sardines.

Ze pars donc et m'embarque un beau matin sur un bateau *Eskiaffino*. Tout allait bien à bord: le temps était superbe, le ciel clair et la mer comme de l'huile. Sur le pont ze fumais pipes sur pipes tout en admirant le panorama. Soudain, la mer se lève, le vent d'Ouest souffle en tempête, la pluie tombe, un oraze épouvantable s'abbat sur nous.... Tout d'un coup à 18 ou 20 kilomètres de *Cercelle,* le bateau est mis à la côte et finalement un tourbillon enlève comme une plume, navire, marçandises, passagers et dépose le tout en pleine montagne du *Cénoua* (Chenoua, en français....) à trois cents et quelques mètres d'altitude.

— Et personne ne fut blessé?

— Que non pas certes; on aurait même dit que notre bateau était dans un des bassins du radoub tellement il était bien calé au milieu des pins; on mit pied à terre aussitôt, tout heureux de s'en tirer à si bon compte, puis on se dirigea vers la ville, à pince bien entendu, tranquilles comme Baptiste.... Et le lendemain par le train nous rentrions à Alger!

— Moi, dit *Marius*, il m'est arrivé une drôle d'histoire...

— Voyons, dis-la moi.

— Tu sais que, dernièrement, ma femme était dans une position intéressante. Eh bien, pas plus tard que lundi dernier, en revenant de mon travail, quelle ne fut pas ma surprise de trouvez cez moi un héritier pesant au moins quinze livres....

— Quinze livres, quoi d'étonnant ?

— Attends, ze n'ai pas fini; tu vas rire à ton tour comme z'ai ri moi-même; cet enfant, tu ne sais pas comment il est venu au monde ?

— Avant terme, sans doute ?

— Mais non, mais non; ce gosse s'est tout bonnement trompé de..... cemin, de..... route; tel que ze te le dis, ma femme, au lieu de l'avoir comme les autres, a eu celui-là de.... l'autre côté....

— Blagueur, va ! te me la fices à l'oseille, tu te moques de moi, tu mens.....

— Comment, ze mens, ze blague....; voyons *Gontran*, tout à l'heure quand tu m'as raconté ton histoire à trois cents et quelques mètres, moi je t'ai cru et à présent, pour un tout petit centimètre, toi tu ne veux pas me croire !... tu n'es pas raisonnable, sais-tu.....

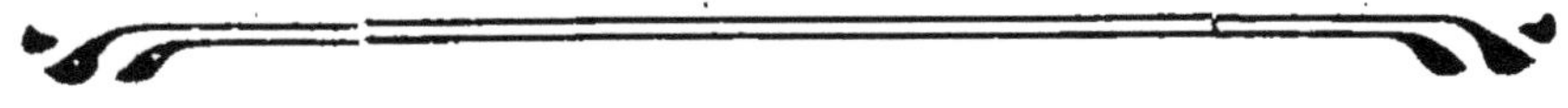

# La Semaine des z'Anglais

Oilà, à présent, que les ronds-de-cuir — que c'est pas la même famille à les t'ronds de figuiers — y font des pieds et des mains pour qu'on leur donne la semaine des z'anglais.

D'abord endevinez quoi c'est la semaine des z'anglais?. — Peut-être vous croyez, vous autes, que c'est la cousine à la semaine des... quatre jeudis ou la belle-sœur à la... semaine sainte de l'église... Aouah! la semaine des z'anglais, c'est pas travailler l'après-midi de samedi. Et oilà ça qui veulent les types que je parle.

Bien sûr que ceusses qui travaillent en dedans les bureaux, qu'on les appelle « ronds-de-cuir » à cause qui sont toujours assis dessur un coussin qu'il est fait vec le cuir de russie de Tizi-Franco, y faut qui se reposent un peu quand même que des mauvaises langues y disent qui foutent rien toute la semaine....

Enfermés du matin jusqu'à le soir en dedans des boîtes que la chaleur de tant chaude qu'elle est, elle vous z'étouffe en cinq secs, c'est pas bon pour la santé. Manco l'hiver ça passe... mais l'été, vec le siroco, y a pas moyen respirer l'air fraîche; y a pas l'hygiène et ça schlingue le renfermé, la respiration, les godillots, le tabac et plein des autes choses aussi que c'est pas bon pour endevenir costauds et vieux. Par force on s'attrape le roseau, la migraine, la graine entière, la gangrène, les crobes, les mi-crobes, cétéra, cétéra; alors la maladie de la mélingite elle s'amène et comme les mouches on tombe.

C'est pour ça que les ronds-de-cuir y z'ont pensé à la semaine des z'anglais: vec elle y pourront aller respirer la bonne air à le Môle-Cassé ou à le Bois de Boulogne le samedi après-midi jusqu'à lundi matin.

A chez les z'Anglais tout le mnode y se repose; le samedi après-midi personne qui travaille. Les bureaux y z'ont fermé la porte vec le cadenas et le verrouilie....; les magasins y z'ont mis le rideau qu'il est en fer...; les banques y fermen les guichets pourquoi y z'ont assez l'argent...; les caboulots (aïma, ça oui c'est dommage!) y donnent pas à boire...; les cireurs y touchent pas à la brosse...; les cordonniers qui font déjà le kif le lundi matin y se reposent aussi le samedi soir; enfin tout le monde y fait carême du travail et la *livre* elle monte toujours!

En dedans ce pays, pour manger, chacun y fait la provision du pain, de la viande, les légumes, enfin tout ça qui faut pour « tenir bon la rampe » jusqu'à mardi de l'aute semaine. Pour « taper » l'anis, y s'attrapent des cuites à l'avance pourquoi après y z'ont deux jours pour roupiller tranquilles.. Personne y trouve que c'est pas bien, personne qui rouspète; le travail y se fait quand même et mieux qu'avant; enfin là-bas c'est comme ça que ça marche et c'est une mode comme les autes qu'eusses y voudraient nous l'introduire... Et pourquoi qu'on se laisserait pas faire encore une fois ?

Ici, qu'on l'est pas habitué, on se monte le cou, on croit que ça prendra pas! Allez, allez, demi-courage, fesons l'essayage, peut-être que le franc y remontera, va savoir.....

Moi, que je suis pas antisemainanglaise, je voudrais que le Gouverneur y s'écrive une lettre tapée à le Préfet, à le Maire, à les Banques, à les z'administrations, à les patrons des magasins et des ateliers pour qui s'envoie son personnel à la pêche le samedi à midi, je dis ça un peu à cause des relations qu'on a vec l'Angleterre. Si on fait pas comme eusses, les z'allemands y vont croire qu'on l'est plus camarades vec les z'Anglais et des fois y pourraient nous chercher des z'histoires.... alors pas la peine d'avoir des em...bêtements pour une demie journée, spa?

Allez va! vec la bonne volonté, vec le patriotisme, le demi-courage et pis tout de chacun, la semaine des z'Anglais elle peut sauver la mise à tout le monde, à les patrons, à les ronds-de-cuir et aussi à les z'ouvriers qui z'ont pas le rond-de-cuir à le derrière, pourquoi chacun y fait comme y peut pour travailler....

Sans faire du « chiqué », moi, je fais la proposition que chaque patron qui donnera la semaine des z'Anglais à ses ouvriers ou à ses employés, vec les caractères gros comme le bras, son nom y sera marqué en dedans *L'Echo* et *La Dépêche* qui se feront un artique dans les condisses et à l'œil vec les félicitations à la clé. Allez! qui c'est qui commence ?

..........................................................................

A présent, moi je pense entre moi-même: à savoir si un jour on voudra pas, aussi, la semaine des... Spagnols, des z'Américains, des Maltais, des z'Apolitains et une bande des autes pays...

Sûr que ça serait un plaisir de travailler comme ça; la vie elle serait pas si tant dure comme à présent; on pourrait prendre... le collier vec du courage et sans se casser les *roronès* que c'est toujours eusses qui trinquent !

Seulement oilà... va savoir si les patrons y voudront marcher? va savoir aussi si eusses y retiendront pas, d'autorité, à les ouverriers la journée qui se feront à la mode des... z'Anglais, des Spagnols, des z'apolitains et une bande des autes pays!... J'ai la rabia que: oui, la mort de leurs ôs! Tant pire et laisse qui touche !'

Allez, encore une aute chose et pis après je la ferme: vous voulez que le franc (ah! oui) y remonte? Alors, vinga, fesez des prières en pagaille à Madame d'Afrique pour que le système du travail « à l'anglaise » y réussit pourquoi ça c'est du boulot à l'as et, vous savez: l'*as même anglaises....* à vous faire des risettes, que ça sera un coup de bourse pour note pays, que ça fera pas du mal à les z'autes et comme ça après, tout le monde y comprendra, bel força, pourquoi vingt ronds de là-bas y faut que ça soye, mécago, la même chose qui vingt rouillés d'ici...

Que çuila qu'il en pince pour la semaine anglaise y lève le doigt en l'air et y crie, vec moi: *Vive la Revalorisation Française!* Çuila qu'il a les foies, maucotoque, qu'il aille à la pillancoul, pourquoi les falsos et le patriotes à la noix, nous, on se les met au rancart !

# Service di Trois ans

**(Extrait d'une lettre dont l'enveloppe porte le cachet postal de la rue de la Lyre...)**

M'Cieu di Paolo, Algi.

En cit moment qui ji vos z'écris, ji souis pas tôt à fi content; ji va vous parli quand mime sans rian cassi di tôt, parc'qui ji l'a mis di l'eau en-didans mon vin cachir por pas ji f'ra di scandale...

Ci grand n'homme di grande valor qui nous z'autes li Francis nous z'avons, dans l'temps, placi à la tite di la Ripoublique Françise, qui s'appelle M'ciou Poincari, ci grand n'homme y m'a mis dans la disispoir parc'qui ci loui qu'il iti la cause qui nos z'enfants y devaient fire trois z'ans di service..... Citi trop z'à la fois, citi pas jouste et ji va vos spliquer porquoi.

*Trois z'ans* di soldat sous li drapeaux, citi one ensulte por li z'algérianes et por li z'raélites bon famille qui s'ront tous di citoyens francis, di patriotes qui z'en ont pas por di cops di canons et qui s'ra capables vic *deux z'ans y dimi*, pas plousse, di fire di bons soldats mirlitaires.

Ji vis z'icris por qui ti l'envoye one papier à M'cieu Briand, oullà à M'cieu Hirriot et pit-être qu'eusses y donn'ra di z'enstructions à M'cieu Panlevé la Ministre di la Guerre por qui li z'algérianes y f'ront *deux z'ans* solment.

Li z'enfants d'Algi, d'Oran, di Bône, di Constantine, di Bofarik et di Bled-Bacora, y z'ont fi la guirre partout; pendant di z'années et di z'années, y z'ont versi di son sang por la Patrie, ci pas bisoin, n'ist-ce pas, di fire di la riclame por eusses.....

Darnièrement, li Boches qui di tannies y z'ont attrapi !!.... Ci sales gens qui nos z'avons cifilisés y bogent plus m'ant'nant. Allez parlez, porquoi fire trois z'ans, porquoi fire dos z'ans y dimi et mime dos z'ans? ci pas la pine, va, ti squint'ras li z'hommes por rian di tôt; j'y crois qu'avic *one an y dimi* y y en a assi à prisent.

Ji vos dira, M'cieu di Paolo, qui mon fils Schlomou y sont passi la Conseil di rivision: bon por la service, y s'en va citte annie.

Alors ti comprends, ji vodras qui note dipouté, note sicator y spliquent à M'cieu la Présidant di Conseil qu'ici nous en z'avons tojors li danger di z'arabes di Maroc...; qui la solaeil il iti bian chaud;.... qui l'Algirie cit one colonie qui l'est pas vieux, qu'il y jaune;... qu'y en a beaucoup di maladies, di sauterilles..... enfin, nom di Dio, qui nos z'en avons bisoin di bras di nos z'enfants por travailli la tirre et por ji dounera à mangi à tôt l'monde.

Si ti vodras, ti diras aussi qui f'ra voti la loi por qui li fils di z'habitants di note pays qui sont entilligents, capacité y di louïttes tot à fi, tou sais, vic *one an* sol'man, ji vos joure, y en a assi por qui s'ra tosse di bons difensors, pas bisoin qui risti cenquante ans vic la sac sur son dos: la force y la corage y manquent pas en didans la biceps.

Splique bian tôt ça dans vote littre à M'cieu Briand qui ci note camarade di Cartel. Si jamis nos en avons la chance d'y rloussir, mon fils y t'apport'ra por vote femme et vote z'enfants di calicot y di la cotonade di primière qualiti por vote cadeau vic one dimi-dozaine di mona cachir soisoi-soisoi di notre fabrication.

Icouti ça: la fils di mon beau-frire qui f'ra grand commirce di tabacs à Blida, loui y pensi dans son la tîte qui vic *six mois* di service, pas plousse, li z'algérianes y s'ra tosses capables di tiri cops di fousils sans qui tourni la tîte par darrière.... oui, oui, barfit'man !

Ça aussi, en mime temps, ti spliqu'ras bian à M'cieu Briand, à M'cieu Panlevé, enfin à tôt ça qui ti vodras. Tention, ti pas oblié, hein Paolo ?

Ji ti dis sarah-merci y bonjor bian comme y faut.

YACOUB MARDOCHÉE.

Tot à l'hore, ma tante Rachel y m'a barli di *trois mois!!!!* Vos pensi bian qui ji mi souis fouti en colère vic on chapelet di z'insultes pourquoi trois mois cit pas di bon compte por la soldat; tros mois di temps chiz nous, citi la délai di païyeman por la trite 90 jors à li clients, on z'affire di commerce, pas plous.

Adonaï! vic la millore volonti di monde di commerce, ti diras ça qu'ti vodras, cit ampoussible citte chose-là qu'on quitt'ra comme ça la botique di z'années y di z'années :

Ah! mis si la novelle loi ji parle comme ça d'y fire soleman *one mois,* oulla *dos mois* di service ça si pas one l'affaire, j'ti joure, y ça vaudra la pine, va, qu'on ferm'ra la magasin...

Quisqui vo z'en pensi, mon l'ami ??

# Al Môle-Cassé

Dépouis lou comminçament dé la terribla guerra abé les Boches — qué tout lou monde y boudrait qué cé soit la dernière — lou commerce y né marché pas bocoup per tousse.

Ouna corporatione dé travaillors qui vivé dé produits dé la mar et qui né sont pas dé tout contents, cé lé maris dé nous qui son engantché l'Associatione dé « *Passeurs al Môle Cassé* » qué lou siège social il était déssus ouna pastéra amarade en dédans lou port dé l'Agha, près lé bassin dé Gras-Double.

Per quouatre sols solaménț, lou pescaïdes ou lou prouméneurs y passent al Môle-Cassé et y s'en bont en déssus lé chalands per pesqua, per respira dé l'air pur dé la mar ou per passa lou témps.

Cuant c'était abant la guerre, yo mé lé rappelle con si c'était ahier, dé monde con dé midja-cague y sé ténait à lé quai per alla dé l'austré coustat. Aljord'hui, yo né sait pas perquoi, lé mondé y né sont pas grand comme avant et l'Associatione, ouna pokette malada, pêt-être démane, esta foutut.

Débant cé grand malhor yo élève la voix per eusses, per *Blonblond* qui né sourit plus comme abant, per *Gamatte* qui dévient fol, per *San-Miguel* qui sé fait dé mauvais sang, per lou vieil *Amar*, per *Vicintêt* et aussi per *Paolo* qué cé lou mari dé moi qui né pé plou arribé à engandché lé dosses bouts.

Yo démande al Gouvernament Francés ouna pétita soubventionne per encouragea lou travaillors dé la région d'al Môle Cassé qué, molharosaménț, tout lé monde d'Alger y né connaît pas, pourquoi si lé connaissait, cé monde, répougnetta, y n'irait pas tojors à lé théatres ou à lé cinémas qué là y né sé tient pas dé bon air comme al Môle.

Si lou Gouvernaménț y boulait donné per la Sociétat ouna pétita soubventione dé l'argent, lé femmes à totos lé « passeurs » sé féraient oune devoir et oune grand plaisir dé ténir al Môle, dé pétites barraquettes abé dé biblis, dé cacaouettes, dé tramousettes, dé limonades et dé l'orgeat per lé madamas et los tchiquettes (dé la bonne anisette *Gras* per les Mécieux) qué ça né coûterait rien à lous bons clients dé l'Associatione. Al jours dé festes et dé dimantches on sé férait dé la bonne *agouabatz* abé lé piment, dé la soubréssade, dé bon vin et tôt ça per oune franc qué ça sérait per paga les fraisses dé transport, dé licence, dé location dé matériel et aussi dé la casse perquoi bous lous sabez plusse qué moi, on né fait pas tojors entention cuant on est dé gaz....

Solaméent, per amorça cé parties dé « cassouéla » y manqué la soubventionne ! Si lou Gouvernamént y né peut pas rien donné à questé momént, no fa rès, mais yo m'adresse à célui qui en a dé l'argent dé trop; en nostre paysse dé l'Africa, lou richards y né manqué pas, cé pas bésoin que yo bous sorte lé noms.

Persuadade qué yo n'aurai pas élevé la voix per rien, qué nous récébrons dé dons dé tous lé côtés per qué lé coin d'al Môle-Cassé y dévienne, per la grâce del Bon Dieu del Ciel, lou meillor rendéz-vous dé monde dé totos lé rangs dé la société, al nom dé l'Associatione yo rémercie d'abance, al fond dé mon cœur, célui qui viendra al secours dé nous z'autes. Con bous lou pensez, lou plou vite ça séra lé mieux.

Nostre Associatione y né tient pas dé compte oubert à la Banca; la Caissa per récévoir lé fonds bous la troubérez en bas lé quai en dédans la pastéra « Santa-Maria del Popa » qué cé là aussi lou bureau des passages, andar et vénir al Môle-Cassé. Et bous sérez tojors lé bienvénus perquoi cé lé fonds qué manquent lé plus, no més qué ça !

FIFINE CARMÈNE,
Femme Stokafitch.

# LA ROBE-CULOTTE

Il y a environ une quinzaine d'années que j'aperçus, pour la première fois, une robe-culotte, exposée, en vitrine, dans un de nos grands magasins et tout récemment, pour la seconde fois, je revis cette même robe-culotte, mais cette fois portée, c'est-à-dire renfermant de la chair humaine: c'était le jour de la Mi-Carême.

Pensez-vous, chers lecteurs et surtout aimables lectrices que beaucoup d'algériennes — il en existe pas mal, hélas, qui la portent depuis longtemps sans y être pourtant dedans !! — pensez-vous, dis-je, que beaucoup d'algériennes porteront la culotte? croyez-vous que cette mode prendra cette année ?

Je ne le crois pas !

Ce qu'il y a de certain, en ce qui me concerne et me regarde, c'est que ma femme ne .....s'enculottera pas. Ecoutez plutôt :

Mise au courant, du reste comme toutes les femmes qui se respectent, de l'exhibition à la Bataille de Fleurs de cet échantillon de stupide mode, mon épouse que j'avais conduite à ces fêtes, avait remarqué, sans faire aucune réflexion sur le champ, la fameuse culotte se promener sur le boulevard.

Ce n'est que le soir, au diner, entre la mandarine et le camenbert qu'elle aborda enfin la.... question !

Après mille détours, elle finit par m'avouer l'avoir trouvée ravissante, conforme à ses goûts....; que ce serait une économie énorme de la substituer au stock de robes, jupes ou jupons qu'ordinairement porte une femme (le fait est qu'à bien réfléchir, les dessous d'une représentante du sexe faible c'est tout un « *Deux Magots* ».... en miniature). Elle ajouta que nombreuses étaient ses amis qui avaient déjà *opté* pour la culotte; me cita (la garce) les noms des tailleurs d'Alger les plus renommés qui, à un prix relativement peu élevé, consentiraient à livrer cette marchandise dans les vingt-quatre heures ; enfin me donna tous renseignements utiles dans le but, naturellement, d'essayer de me convaincre.

Mais moi, la pâte des hommes par excellence (en temps ordinaire) ne pris pas la chose..... comme ça, je lui fis remarquer tout d'abord que cet accoutrement ne me plaisait nullement ; que je me souvenais *encore* de son chapeau dit *aéroplane* qui m'avait passablement ennuyé lors de son premier vol — pardon — de sa première sortie et que ce serait à recommencer si elle s'enfilait une culotte; que mes modestes appointements, mon rang, ne nous permettaient pas un tel luxe ou *excentri-*

*cité;* qu'enfin au bureau, mes collègues se moqueraient certainement de moi, etc., etc... Elle ne voulut rien entendre, moi ne rien consentir....

Et alors, chers lecteurs, savez-vous ce qu'il arriva? Oh! pas grand chose: il y eût *barouffa,* comme l'on dit. Après avoir discuté, on se disputa tant et si bien que de fil en aiguille on en vint aux.... coups!! (après les poids devait fatalement arriver la.... lutte !)

Oui, mesdames, on en vint aux coups et je vous prie de croire que dans cette lutte je n'eus pas le dessous, car en fin de séance, assise dans un fauteuil, n'en pouvant plus, ma femme pleurait à chaudes larmes, la maîtresse râclée que je venais de lui administrer. Elle n'eût pas de bleus comme vous pourriez le croire, mais — c'est sa mère qui me le dit quelques jours après — ses petites fessettes étaient devenues rouges: il paraît que j'avais un peu trop tapé sur la.... culotte !

Tant pis et je ne le regrette pas car depuis, mon épouse ne parle plus d'échanger ses frusques contre de nouvelles que d'ailleurs, elle ne veut plus voir même en vitrines.

Je ne m'en veux pas, non plus, du procédé employé en connaissance de cause; au contraire, j'en suis très heureux car il est à peu près certain qu'un jour ou l'autre, il eût fallu, si j'avais malheureusement cédé à son caprice, à sa fantaisie, que je l'accompagnasse chez le tailleur, n'est-ce pas? Eh bien, ne croyez-vous pas que c'eût été une honte pour moi, l'époux, d'entendre le couturier dire à ma femme, dans un moment d'oubli tout en prenant ses mesures: *Madame, à gauche ou à droite ?*

Ne riez pas!! mais là, franchement, rien que pour ce motif, ne me donnez-vous pas raison de lui avoir fait passer l'envie de se.... culotter? Oui, n'est-ce pas? Merci! c'est bien ce que j'escomptais.

Ah! je sais que beaucoup de mes semblables n'auraient pas agi de la même façon, que voulez-vous cela dépend des caractères et des tempéraments surtout. Il y a — et ce sera ma conclusion — sur notre pauvre boule terrestre tant d'hommes qui se fichent du *tiers* comme du *quart* (ils le chantent sur tous les tons et sur tous les toits), mais qui.... tremblent devant leur *moitié,* ce dont ils ne se vantent pas! et de ceux-ci il s'en rencontre pas mal à la douzaine.

Et là-dessus, brûlant d'en finir, permettez que je m'enflamme: Vive la France! Vive l'Algérie! Vive la République! (attention, les typos ?) A bas la.... Culotte !

— Ah! si la culotte est enlevée... c'est une autre affaire...., alors je crie aussi : Vive ma femme !

# Tchalèfes Marseillaises

**recueillies au salabre
au Môle-Cassé de la Cannebière et à la
Pointe Pescade du Prado**

---

— Figurez-vous, mon bon, que z'ai une bonne vraiment extraordinaire et d'une distraction sans pareille; aussi ce n'est pas possible qu'elle soit native de Marseille !

Tenez, pour vous donner une idée de ses z'étourderies, ze l'envoie ce matin porter une lettre à la poste. Arrivée devant le bureau, savez-vous ce qu'elle fait? Au lieu de mettre ma lettre dans le trou, elle la pose sur le trottoir et... se zette dans la boîte....

— Du moment qu'elle est un peu timbrée, cela ne m'étonne pas, mais, moi z'ai vu plus fort que ça, écoutez: dimanche dernier, z'envoie une de mes bottes à ressemeler en faisant dire par le commissionnaire que z'étais un peu pressé. Le cordonnier qui était en train de dézeuner se dépêce tellement.... qu'il coud son biffteck après ma çaussure et qu'il manze ma semelle.....

***

Un Gascon prétendait, un beau jour, avoir pris un énorme goujon pesant environ dix-sept livres, avec un filet de hareng amorcé à la ligne.

— Ben! s'écria Marius, ce n'est rien! moi z'ai un de mes collègues, un fin pêceur, qui pêça la semaine dernière, deux veaux marins...., seulement c'était avé un filet de.... bœuf!

* * *

Tout près du Vieux-Port, deux bons copains causent affaires. L'un d'eux raconte comment il vient de perdre un procès.

— Ce que ze leur en ai dit à ces zuzes de malheur: tas de misérables que vous êtes, espèce de ci, espèce de ça, ze parlais comme une maçine à écrire !

— Mais mon pauvre, lui fait l'autre, tu es zoli, tu vas sûrement attraper, au moins, deux ans de prison pour insultes à la mazistrature....

— Rassure-toi, gros nigaud, ze n'ai proféré ces z'inzures que quinze zours après l'audience, alors que z'avais quitté Marseille et que ze me trouvais à Cette, en pleine campagne....

* * *

Pendant la grande tuerie de 1914-1918, un Bordelais et un Marseillais (ces gens se rencontrent partout!) soldats dans le même régiment (on ne devait pas s'y ennuyer!) s'étaient promis, le matin d'une grande attaque, de se secourir mutuellement en cas d'accident. Au milieu de la mêlée, le Bordelais qui avait eu la jambe droite emportée par un boulet, appelle son ami. Le Marseillais accourt et charge son copain sur ses épaules; mais, au moment d'arriver dans la zône calme, un autre boulet emporte la tête du pauvre Bordelais.

Le Marseillais continue sa route comme si rien n'était; un infirmier qui le rencontre lui demande où il va ainsi: « ze vais à l'ambulance, pardi, faire panser mon ami »

— Mais à quoi bon, puisqu'il a la tête emportée ?

— La tête emportée?.... Oh! le menteur, qui me disait que ce n'était que la zambe....

* * *

— Oh! mon cer, ze suis le plus heureux des pères; ma fille m'a brodé un tapis de table et les fleurs paraissent si naturelles qu'on croit respirer l'odeur des zasmins et des violettes....

— Moi, mon ami, c'est bien plus fort! ma fille aînée m'a fait un fauteuil en tapisserie avé des guirlandes de roses et lorsque pour la première fois, ze m'y suis assis dessus, les épines m'ont piqué! (portant la main à la partie blessée): bagasse, ze sens la douleur, ça me pique encore....

* * *

Dans le rapide Marseille-Nice, deux voyageurs sont installés dans un compartiment de 1re classe.

— Vous allez jusqu'à Monte-Carlo? dit l'un deux, d'une voix de terroir Bordelais condensé.

— Mais parfaitement et z'y vais tous les ans, répond l'autre qui sent l'ail à deux lieues.

— Vous jouez un peu, sans doute ?

— Vous plaisantez? mon bon monsieur, depuis tantôt trois ans ze zoue régulièrement une fois le matin et une fois.... le soir, deux séances par zour, aussi tous les zoueurs me connaissent.

— Et vous perdez quelquefois ?

— Que non pas, milledioul bien au contraire: ze gagne touzours.... il faut vous dire que z'y mets du mien....

— Voyons, alors, entre zens du midi, faites-moi connaître votre truc ?

— Mais avé plaisir, çer Monsieur; ze zoue du trombone et ze ne zoue que ça.....

* * *

Dans un grand magasin parisien, deux provinciaux méridionaux viennent d'acheter des objets variés. Aux premiers mots prononcés, ils reconnaissent leur... nationalité: l'un est Toulousain, l'autre est Marseillais; ils se regardent en chiens de faïence !

— Où faudra-t-il vous envoyer vos paquets? demande au premier la caissière.

Le Toulousain, orgueilleusement, et reluquant de travers le Marseillais :

— Mettez simplement: Monsieur Anatole, Toulouse, au premier, au-dessus de l'entresol....

— Et vous, Monsieur ?

Le Marseillais ironiquement et fixant le Toulousain :

— Moi ?... Marius, Marseille, à droite en entrant....

# MARIAGES PAR PROCURATION

## (en 1914-1918)

*Quand la loi à les soldats, zag! elle est sortie*
*Que les mariages y se font vec la procuration,*
*Alors! plus besoin passer à la Mairerie ?*
*Quoi! de l'Amour, also! c'est la substitution ?*

* * *

*Comme ça y z'ont pensé, en dedans la tranchée,*
*Les poilus qui z'avaient laissé au patelin*
*La fiancée d'attaque qui s'avaient amourachée*
*Avant la guerre vec les maudits austro-Germains....*

* * *

*Mais va savoir, vec ce système de l'angantchage,*
*(Quand même que chacun il a le consentement)*
*Si ça fera pas les embrouilles à le ménage,*
*Disputes, barouffas et tout le tremblement....*

* * *

*Mais je crois que ces mariages y poudront se faire....*
*(Au jour d'aujourd'hui le mariage c'est sérieux)*
*Seulement, faut pas prendre les jeunes célibataires:*
*Pour se remplacer les poilus, y faut les vieux....*

* * *

*Vec les vieux, d'habitude, ça risque pas grand chose....*
*Alors comme ça les engandchés, après la paix,*
*Contents y viendront pour se cueillir la rose*
*Sans qui z'aillent peur, les pauvres, que ça soye déjà fait!*

* * *

*Mais — oilà le chiendent — vec les vieux, ma parole,*
*C'est pas bon pour.... vous savez? vous comprenez, s'pas?*
*Mieux les jeunes.... que jamais y perdent la boussole:*
*Costauds, solides au poste et d'attaque aux.... combats!*

*Vec eusses, au moins, la France, par force elle est sûre,*
*Que si y sont pas partis faucher les z'Allemands,*
*Ici y z'auront semé la graine extra pure*
*Pour qu'après la récolte ça soye: beaucoup d'enfants!*

* * *

*Ça fait rien que les gosses y z'auront trente six pères!*
*Pas la peine pour ça faire la bile, nom de nom,*
*Pourquoi tout le monde, va, y sait que c'est la guerre,*
*Et que tout y l'augmente, allez, c'est vrai ou non ?*

* * *

*Une chose, manco, que ça serait un crime,*
*C'est qu'il l'oublie pas, hein, notre Gouvernement*
*Qu'à chaque moutchatchou il aboule la prime,*
*L'argent elle sera pour le poilu absent....*

* * *

*Vec la prime à la clé, les mariages à la distance*
*Amane! y se feront dans les grandes largeurs,*
*Et pis neuf mois après, comme les mouches, les naissances*
*Ell's rappliqu'ront chez nous, ma parole d'honneur!*

* * *

*Oui! faut que nous autes on s'dégrouille la tomate*
*Comme je dis, moi, pour qu'on aille beaucoup les gos,*
*Comme ça les Boches y s'prendront toujours la patate....*
*En attendant, qu'y z'aillent se la prendre dans l'os !*

*Maître des Voies Ferrées de Rabat à Gabès,*
*Des petits et grands trains, tortillards et express*
*Passant comme l'éclair ou patinant sur place,*
*J'adresse à mes amis, compagnons de travail,*
*En le leur dédiant ce conte sur le Rail....*

. . . . . . . . . . . . . . . . . . . . . . . . . . . . . . . . . . . .

*Mais que vont-ils penser de mon extrême audace?*

# UN RÊVE DÉLICIEUX

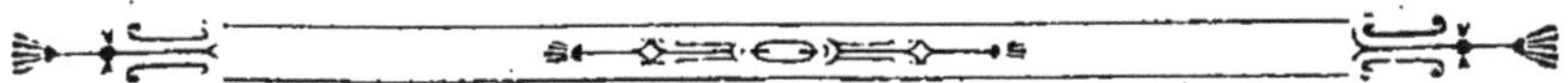

J'ai fait, une nuit de la semaine dernière (celle que vous voudrez) un rêve délicieux....; j'ai rêvé que l'Afrique du Nord n'avait qu'un seul réseau de chemins de fer et que j'en étais le Directeur !

Rien que ça? Oui! je me suis payé ce luxe-là... que voulez-vous un cheminot, même cagayoustèque, rêve ce qu'il peut.

Et voici, détaillé, le récit de ce songe doré : tout d'abord, mes débuts ont été un peu durs; pensez donc, de simple agent de 4e classe, à la Cie des C.F.R.A. encore, me voir subitement bombardé Directeur, il y avait de quoi s'effrayer et se demander si ce grand saut n'allait pas m'être funeste! Le fait est qu'avoir sous sa coupe vingt à trente mille collaborateurs de tous poils, couleurs et calibres, n'est pas une mince affaire.

En plus de cela et c'est ici que j'ai aperçu un... cheveu long et épais, me trouver à la tête d'un état-major de chefs de service, ingénieurs, bâcheliers, etc., etc., alors que mon instruction n'est que primaire (diplôme: certificat d'études!) et comme bagage en fait de connaissances techniques: oualou (en chiffres ronds!) convenez, n'est-ce pas, s'il a fallu que « j'en mette un coup » pour accepter ce poste et m'en acquitter à la satisfaction de tous, ceci dit sans me vanter, bien que je sois natif des environs des Bouches du Rhône....

Indépendamment du gros poids qui pèse sur les épaules d'un Directeur — poids plus lourd encore quand on n'est pas costaud, mon cas malheureusement — on ne se figure pas tout le tintoin qu'il y a dans mon administration.

Il faut avoir la main partout — honni soit qui mal y pense — répondre aux uns, donner des instructions aux autres, risquer un œil sur Oudjda, cligner l'autre vers Tunis, maintenir son esprit à Alger; non, vraiment, il ne faut pas perdre la tête du tout. De plus, à chaque instant ce ne sont que coups de téléphone, visites et contre-visites de Pierre, Paul ou Marguerite, mots aimables à chacun, promesses par ci, coups de piston par-là, salamaleks à tout bout de champ, signatures à tout moment, bref, excusez cette expression du *midi* de l'Afrique du *Nord:* un véritable casse-noisettes....

Comme certains trains de lignes secondaires je ne dé...marre pas, je ne dé....boulonne pas de toute la sainte journée! Quand, par hasard, je suis un instant seul dans mon cabinet: enfin, te voilà « grosse légume » me dis-je en me cabrant devant la glace pour z'yeuter si je « présente bien », si j'ai « l'allure », le « chic », le « sourire », la « bonne bille » du parfait Directeur; je me reluque de tous côtés, je me vois très « réussi », très « directorial », ça colle !

Absorbé par le travail, je ne m'aperçois ni de la fatigue ni du temps qui passe comme nos express du matin; je suis si heureux de me savoir « gros bonnet », « grand manitout » que j'en perds le sommeil; je ne dors pas du tout à cause du gros boulot; fort heureusement que le travail est... la santé (et cela me substante amplement) sans quoi la place ne serait pas tenable....

Je suis content, non pas seulement pour moi-même, mais aussi pour la collectivite car à peine arrivé « au pouvoir » et grâce à la façon savante dont je mène la « barque » (un des accessoires de mon sport favori) on s'aperçoit déjà qu'il n'y a plus de retards dans les trains, plus de tamponnements, aucune réclamation, ni du personnel ni du public, plus de vols dans les gares, pas le moindre petit mouvement de grève en perspective, rien, rien, rien, mais un contentement général sur toute la ligne.... du chemin de fer: cela ne s'était jamais vu !

Mes chefs de service, je dois le reconnaître, tous à la hauteur de leur tâche — quelques fleurs en passant! — me secondent beaucoup; chacun d'eux me témoigne sa « vive sympathie ». Il y a peut-être bien, dans ce sentiment une marque... particulière, assez légitime du reste: celle d'obtenir du nouveau patron qui, évidemment, a toujours le bras long (je ne sais pas encore lequel) quelque chose qu'il ne peut lui-même... décrocher. Ceci est assez naturel, car au fait quel est celui d'entre nous qui refuserait, si l'occasion se présentait, d'ouïr d'abord, pour en jouir ensuite les.... notes d'agrément du cornet à piston directorial? Aucun! votre serviteur excepté, bien entendu !

. . . . . . . . . . . . . . . . . . . . . . . . . . . . . . . . . . . . . . . . . . . . . . . . . . . . . . . . . . . .

La sonnerie du téléphone retentit; comme vous le voyez, il n'y a pas moyen de rester.... quarante-huit heures tranquille!!! je vous demande donc la permission de vous plaquer là cinq minutes, M. le Caissier m'annonce sa visite accompagné de mon traitement du mois courant. Il ne pouvait mieux tomber car nous sommes le 30 et je suis à... sec, à fond de cale même ; aussi il est reçu à bras ouverts — par le caissier — le traitement.

En tremblant un peu, dame il y a de quoi, j'encaisse de beaux billets neufs de 20, 50, 100 et 500 francs... le montant est exact, mais je ne cesse de compter et de recompter, il y en a tant !!!!.... quand soudain, je ressens comme une commotin èlctrique qui me donne aussitôt le trac ! — Sainte-Marie de Madagascar! je viens de recevoir une gifle « je ne vous dis que ça » de la part de ma femme reposant à mes côtés qui brusquement m'a réveillé..... il paraît qu'au lieu de... palper la galette, je m'amusais à palpe....lotter autre chose et pas de main-morte encore !

Pris la main dans le sac, je m'en excusai aussitôt à ma moitié, lui disant pourquoi, dans mon songe, j'insistais tant à vouloir, pour la première fois, toucher.... si gros à la fois... pourquoi j'étais si... entreprenant! Me pardonnant sur le champ, et reconnaissant que j'avais assuré, toute une nuit, un service bien au-dessus de mes forces sans en avoir reçu la moindre récompense, elle m'embrassa plusieurs fois, je fis de même, et à la suite de cet échange de monnaie qui n'a cours qu'en dehors des banques, vous devinez que, fatalement.....

Du moment que vous avez deviné inutile, n'est-ce pas, que j'aille plus loin.

Quand je vous disais que j'avais fais un rêve délicieux....

# LI Z'OFS DI TONIO

Avant qui ji viane à Algi por fire grand commerce di calicot — magasin au milio di z'arcades à la roue di Randon — j'habiti la village di Balestro. Ji risti sor la rote di gorges y dans citte pays ji vendra di z'articles di minage à trize sous, di soliers por li z'enfants, di fil y di z'igouilles.

En haut di ma maison, on morceau di mon terrain y tochait la jardin d'on marchand di charbon spagnol qui s'appilli Ramon di Tonio.

Tos la matin citte bogue di z'itorneau, sans dimandi la permission à person, y viane contre la porte, en bas di mon polalier, por ji fire son z'ordure. Nom di Dio! ci gens-là y sont pas conni rian di tôt por la proprité y por l'hygiane !

A force, à force qui s'fotti di moi, ji perdi la patience. Ah! mon l'ami vic qui ti jouis; por qui ti vian plous, ji vas vos coyionner bian comme y faut, porquoi ci pas comme ça la loi qu'on s'ra em.... biti tot l'temps par citte race di z'itrangis.

Ou jor, pendant qu'il iti en train di fire son l'affaire, moi ji proche docement par darrière, ji glissera on pelle por endessous la porte y j'attend qui s'ra digoufli. Quand y sont fini, ji sorte chouïa, chouïa la pille, ji jett'ra vivement la paquet di z'ordures l'aute côté sans qui loui ji voye rian di tot, y à la place ji mettras deux z'ofs di mon poule.

On peu squinté di resté assoyi sur son deux jambes, la spagnol y se lève et y donne cop d'œil par darrière. Adonaï !! quand y voit li dos z'offs, sans qui graffe la patalon, y va charcher son femme. Quand son femme y voit ça qu'il avait fi, y loui dit :

— « Santa-Maria-Pépa del Casino dé Fort dé l'Eau!! Tonio? « c'est toua qué toua fait ça? Ségnor Jésous! mais alors, abé « la pantcha qué tou té tiens et si tou té crois capable dé con- « tinouer encore, lé sécret dé la couveuse il était tout trouvé; « Tonio, nos allons gagné bocoup dé l'argent perquoi al prix « fol dé z'ofs al jor d'aljordhui — quouatorzé sols piéça ! — « c'est la fortuna qué nous sourit aqüesté moment! »

Et Madame Tonio, di contentement, y brassait son mari sor la boche, sor la zyieux, sor la main, enfin tos li côtis. Jostement Tonio y l'avai fini d'attachi son patalon por rentri à la maison vic li dos z'ofs, quand tot à coup, y fir la grimace : « Aï, aï, aï, Dolorès? yo téné encor dé coliques, yo senté dé gargouillamént, yo crois qué lou ventre dé moi bésoin encore d'évacouer dé z'ofs..... »

— « Per l'amor del Bon Dieu del Ciel, attend Tonio dé mon « cor, y lui dit son femme, attend qué dé fois y poudraient sé « casser par terre et ça sérait dommage tous sais, attend, To- « nio, yo vais lé récévoir en dédans mes mains.... »

Moi, bian cachi darrière la mur di mon polalier, j'entendis parli mi voisins, ji rigoli di movements di mi dos endividus et j'attendis la darnier tableau di mon spectacle vic son l'apothiose.

Tonio, qui pensé dijà qui s'ra one pole di luxe, y baisse son sarouël et y se mettra assis sor les jambes; son femme y se baisse aussi vic si dos mains ouvertes qui s'tochent por attrapi on z'off !!! dos z'ofs!! pit-être one dozaine!! Tot d'on cop comme la tonnerre, on pettement xtraordinaire y tape ! Madame Tonio qui l'avai tourni la tête côti di son gorbi porquoi di clients y volaient acheti di charbon y tombe la quatre fers dans l'air et y posse rian qu'on cri milangé vic samptômes d'ivanouissemane....

Ça citi mon l'apothiose!!! Vos pensi bian, spa, qui citte fois citi pas di z'ofs qui z'avi dibarquis? Non, non, citi on.... l'omelette soisoi-soisoi et ji vos assure, tia sadek, qui l'avi pas tôt à fi la parfum di Palanca citte z'omelette, pit-être parce qui li z'ofs y z'iti pas bian fraiches.

Adonaï! après citte cop di coyionneman, Tonio y m'a plou z'em....biti vic son cacafouïa qui l'alli porti en didans la gorge. Y Dolorès y son jouré, vic la signe di la croix, di plou fire la ricolte di z'ofs qui citte one commerce plou digotant por la main qui di tripoti di charbon....

Tos li deux y z'avi accousi one voisin tronc di figuier patron gargotier di mon cop di râlami, champ di figues: mi moi ji son pas vanti, ji son pas parli à person et tot d'suite ji foutemoi l'camp di Balestro por ji viane Algi à la roue di Randon aousque j'a trouvé, horosemane, di gens comme y faut di mon race, di voisins qui s'ra pas fous dans la tîte y sortout bocoup di clients. primier choix, primière qualiti: ça citi millor qui tout, va, ji conni bien mon l'affaire....

# EMPLACEMENT

réservé pour la Photo de votre Belle-Mère

**Souvenir et Concession à Perpète**

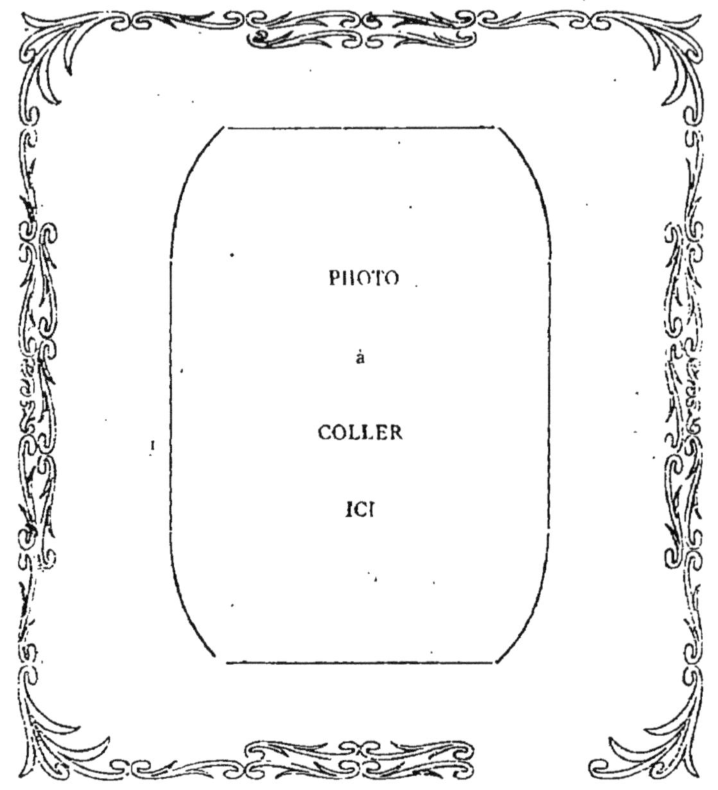


N. B. — Si vous n'avez pas de photo, ne vous en faites pas ; dessinez la gracieuse figure du mignon petit oiseau appelé : Orang-Outang. Tant bien que mal le dessin vous donnera toujours un aperçu du petit « air de famille » de l'enfant gâtée de la maison...

Alger. — Imp. Pfeiffer & Assante, 2, rue Marie-Lefebvre.

www.ingramcontent.com/pod-product-compliance
Ingram Content Group UK Ltd.
Pitfield, Milton Keynes, MK11 3LW, UK
UKHW021037180726
13838UKWH00004B/1862